Das andere Ufer vor Augen

Margarete Hannsmann

Das andere Ufer vor Augen

mit 16 Holzschnitten
von HAP Grieshaber

Claassen

Die Holzschnitte zu den Gedichten wurden vom Originalstock gedruckt.
Der Einband ist ein Original-Seidensiebdruck Grieshabers und wurde von der PAUSA, Mössingen, auf Honan-Seide ausgeführt.

Inhalt

Porträts

Landschaft II

Landschaft

Mythenzeugende
nährende
fressende
mythenverdauende
wiederkäuende
mythengedüngte
noch unzerstörte
Landschaft

Landschaft I

Deutschland beschäftigt sich des Tags
mit lauter Philisterlappalien,
doch ist es zaubergroß in der Nacht,
dann ist es ein zweites Thessalien.

HEINRICH HEINE, *Deutschland. Ein Wintermärchen*

Herbst auf der Reichenau

Grünes vom Blauen umarmt
weiße Schmetterlingsflügel
schwer von Fischen der Kahn

Lände Zeitlosigkeit
Blüten- und Fruchtineinander
Friede aus vielerlei Rot

immer noch fließt Blut
in Sankt Pirmins Kelter
ausgebleicht und verkrümmt

tausendjähriger Weinstock
aus der Krypta gedüngt

Münsingen I

Wegen Scharfschießen
sind folgende Platzteile gesperrt:
Datum Zeit A B D G H I
Kommandantur
Gefechtsstand Schafhaus
Schwerpunkt ein Kilometer nord-
südwestöstlich
Unteilbarkeit
Mitspracherecht der Landstände
Kriegsgräberfürsorgewettbewerb
am 3. September Schweinezählung

Und ein Jüngstes Gericht *al fresco*
abgelöst im zerschossenen Dorf
„Gereinigt und dem Museum in Münsingen
zur dauernden Aufbewahrung überwiesen"

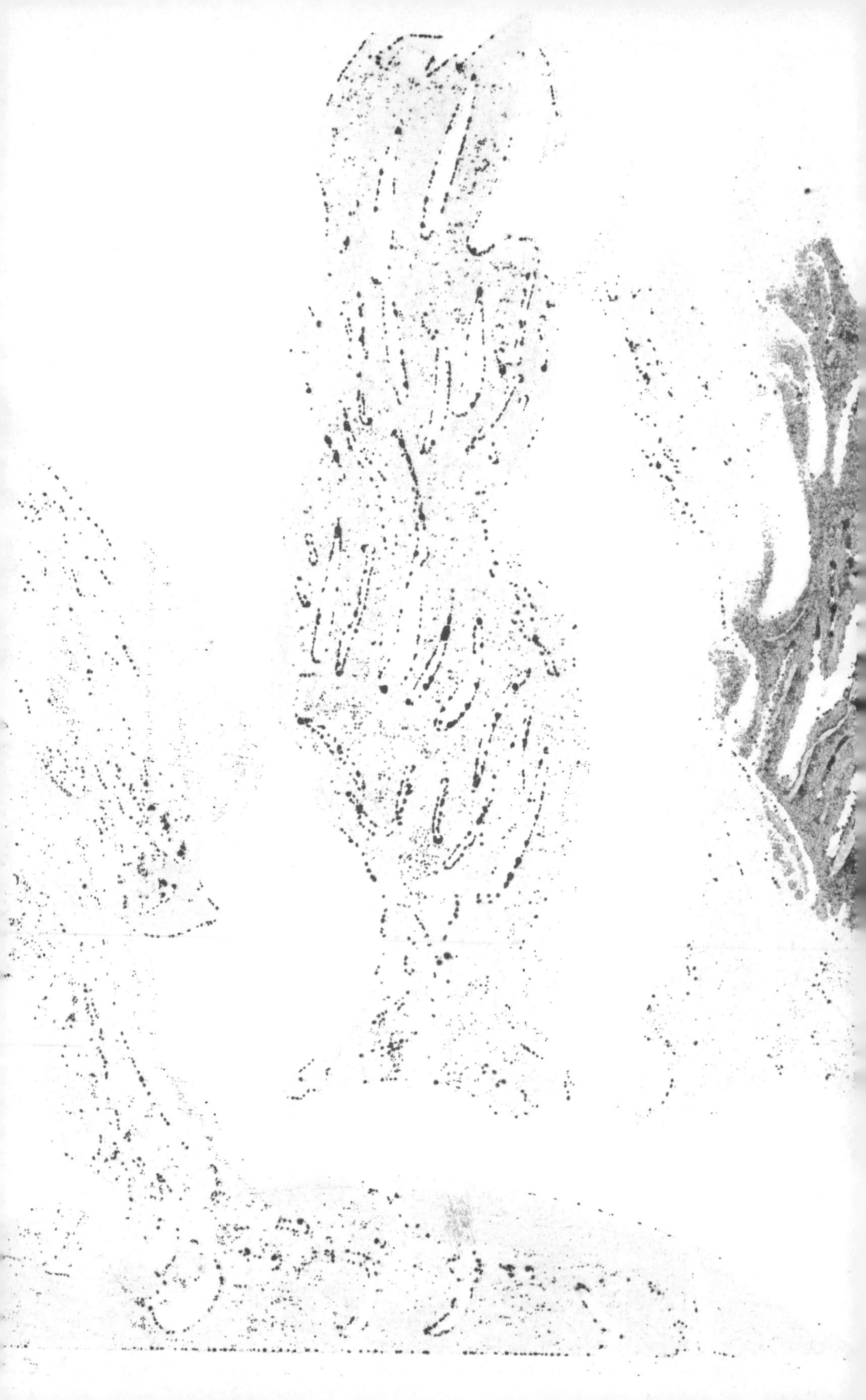

Münsingen II

Intarsie zwischen
Panzer und Schaf
sehr schwarze
sehr weiße
sehr braune Gesichter

l'inconnus
Kinderwagenmodelle
vergilbende Ansichtspostkarten

unterirdisch
voll klimatisiert
oben
Holz vor alten Häusern
Zeit
immer noch aufgeteilt
gerinnend zwischen
Feldwebelsgattinnen
Offiziersdamen
Unteroffiziersfraun
und den Schafmärkten
um Lichtmeß Jakobi
Allerheiligen.

Urach 1969

Grün hoch hinauf
ringsum Anfang
Kiemenverwandlung
Flügel
die Wirbelsäule
der Mensch
unterm Laub
was an Werkzeugen nicht vermoderte
erstickte Vulkanembryone
irgendwann
Häuser im Tal
eine Burg
Flachs Korn
die Palme *Attempto:*
Herzöge
Schwachsinn
Willkür
die Bauern
nach der Pest
nach den zerschlagenen Bildern
bete und arbeite
Schafe
einer von tausend trägt Gott davon
im Seminar
die Bürger weben
bleichen
schlachten
drucken Bibeln
(vorwiegend in slawischer Sprache)

mech. elektr. automat. atom.
es ändert nichts
in den Gärten blühn
die Lilien der Urgroßmütter.

Jetzt
während sie den König der Schäfer
krönen
betritt der Mensch den Mond
endet der Kirchentag eines Glaubens
an Gerechtigkeit.

Civitas Gamundias

Stadt der Legierungen
Jura Keuper
wiedergefundener Ehering
dreimal die Sieben
zusammengeschmolzen
Einhornpulver dazwischengestreut
was von den Wäldern übrigblieb
trägt die Johanniskirche

Keiner weiß wo der Enkel getauft wurde
wie lang sein Bart im Kyffhäuser noch wächst
aber er goß das Modell seiner Städte
in diesen Rohstoff zu Füßen der drei
Kaiserberge nur einer davon
wiegte fünf Worte
wagte
wog sie
Heilig Römisch Reich Deutsch Nation
Sensenschmiede
bis alles Korn
keine Ernte mehr lohnte

Aus den geköpften Konradinen
wuchsen Rosenkränze
Gold
silberne Heilige

doppelgesichtig
schützten womit man sie schmückte
ringsum
brannten Burgen Klöster
doch alles
Feuer Blut floß zum Geschmolzenen:
Hämmern und Ablöschen während es glüht
kann die Härte erhöhn
wer un-
angefochten von seiner Herrschaft
in der Stadt wohnt 1 Jahr + 1 Tag
ist frei

Falls er sich unterordnet
Zunftrechten -pflichten
Schürzenfarben
Kirchengesetzen
Geschlechterterror
darf beim Fest mit Mantel + Degen
Samt
und vor die Werkstatt geritten
schon als Gesell
nicht jeder hieß Parler
Ratgeb Hans Baldung Grien
oder Anna
Luther aus Schwäbisch Gmünd
nicht jeder
geigt um zwei goldene Schuh
nachdem der letzte Ketzer vertrieben
endlich die letzte Hexe verbrannt
für die Makellosigkeit der Monstranzen
alles gesintert
reduziert
war das Ende der Reichsstadt gekommen
bevor das Ende des Reichs anbrach

Übrig blieben
Brunnen
Türme
Zopfiges
Fassaden
noch
leben sie davon
Zerschmirgeltes
vom Jahrtausend Abgeriebenes
was verrotten will
zu ersetzen
Spiegelhalter
Wasserspeier
Kette
Ring
Reliquiar

Doch weil die Legierungen selten
das aus ihrer Zusammensetzung
sich berechnende spez. Gewicht
zeigen
läßt sich nicht voraussehen
wie das Neue erkaltet
Glas
und die Mädchen von hier mit Männern
wo das Abendland endet
wie damals
als Hohenstaufen Palermo hieß
Akkon
oder ein türkischer Fluß
während ich das schreibe am
letzten Juliwochenende
neunzehnhunderteinundsiebzig
fährt auf dem Mond ein Auto spazieren

diese einzige Zeile ist neu
während überall auf der Erde
Hunger
Folter
Totschlag geschieht
wie seit zehntausend Jahren

Es geht
weiter bis keiner mehr
der hier Geborenen
das Wort Heimat aussprechen kann.

Grenze

Es ist nicht das: von Deutschland nach Deutschland zu fahren. Jede Grenze wächst aus der Willkür ihrer Geschichte zu. Der Sog verläuft entgegen den landeinwärts gerichteten Wellen. Dieser Grenze entlang herrscht nicht das Nicht-hinüber-Gelangen, sondern: jederzeit eine Pan-Am besteigen zu können, um anzukommen, wo man daheim ist, wo das Wort Deutschland weniger wiegt als air condition, power, black and white and yellow, service, anti auto super sub, wo man müheloser alle Kontinente, sich selbst erreicht als . . .

Dieses Rascheln durchqueren

nicht der Übergang
diese Tasse Kaffee
Drahtverhauaugen
bevor man den Minen-
gürtel anlegt

nicht die verbliebene
autobahnbreite
Freiheit der nordöstlichen Spur

diese vom Rascheln
gesäumte braune
graue, dürre
Büsche Gras
und die papierene

Bäume
im Auto-
radio raschelnde
dürre graue
braune papierene
Freiheit
durchbrechen

querwärts zum Rascheln
das Steuer festhalten
ABBIEGEN
dieser Augenblick
blieb dem Jahrhundert

Omphalitis
wer ihn aushält
bis die Krusten abfallen
hier
wo die Welt aus dem Gleichgewicht kam
wird es ihr zurückgegeben
FREI NUR FÜR BERLINVERKEHR

aber diese züngelnde Grenze
läßt die Waagschalen zittern

einerseits
hebt man sich leicht
vom Namenlosen
im Jet Set
good morning city
über schrumpfenden Ozeanen

während jede
Viertelstunde
andererseits
zunimmt
nur
wer querwärts
zum Rascheln abbiegt
nicht vom Grau zurückscheut
Schnee
Regen
Wind
den Feuerzungen
sich von braunkohlengeteerten
Straßen nicht das Steuer aus den
Händen schlagen läßt bevor er
Dresden buchsta-
bieren lernte
sieht am Weg Joringel stehn
Falada am Stadttor hangen
bis Rapunzel ihm ihr Haar
zuwirft
den im alten Jahrtausend
wo er herkommt aufgegebenen
Namen
Deutschland

Zwischen Schleiz und Greiz

Soviel Schnee
Märzbarriere
das zieht sich weit über die Hügel hin
ohne Hecken Besitzmarkierungen
weglos
bereinigt
Wald Himmel das Land
für Traktoren

In den Dörfern Zusammengesetztes
Fausthandschuh
Filzstiefel
Leiterwagen
Pelzmützenmänner
Fahnentuchrot

Braunkohlenteer
gibt Schlaglöcherstraßen
unsre sind härter
Steinkohlenteer
hält die Frostaufbrüche in Grenzen

Plötzlich übertrifft ein Weiß
unsere mitfahrenden Vergleiche
Bäume
abgeschält der Stamm
radikal
und ein Teil von den Ästen:
noch lebendes Weiß
sterbendes Weiß
Knochenweiß

Dicht an der Straße
Rehe wie Wolfsrudel
Rehe mit Wolfshunger
während ich vorüberfahre

Das ist mehr als bloß Wildschaden:
„Brüder die Rehe sind los
die Rehe wollen euch fressen!"

Von Zwickau nach Karl-Marx-Stadt

Ausschnitt
vom Scheibenwischer diktiert
gestockte Jahreszeit
im Schneeregenwind versammeltes Grau
damit Rot rot sei

Es übertrifft
unsere mitfahrenden Vergleiche:
Blut
Oktober
Iskra
die Flamme
und das Rot auf dem Panzerzug 14-69

Dieses Rot triumphiert über Schmutz
Blindem, Verblichnem
was bröckelt zerfällt
es ist über den Rost gesetzt
über Fabrikdörfer Vorstädte voll
abblätternder Karyatidenzeit
über neue
schüchterne
kühne
Häusergesichter aus Beton
Schächte Schornsteine Fördertürme
Kräne Brücken Gitter Gerüste

Straff gespanntes rasch trocknendes Rot
huschendes Wimpelrot an den Fassaden

schweres nasses tief herabhängendes
Rotgeläut von den großen Fahnen:

Freuet euch
vor hundert Jahren
ist Lenin geboren

Der rascher tickende Scheibenwischer
der immer schmäler werdende Ausschnitt

Von Dresden nach Leipzig

Wer nie durch Grau Geduld erfuhr
wer nie anhielt vor roten Signalen
weiß nicht was Grün ist:
die Tür
der Zaun
da eine Dachrinne
dort das Geländer

Nur dieses eine
Grün für alle
verwandelt das Fahrrad
den Wirtshausschildlöwen
die roten Fahnen
an grünen Stangen
in grünen Schäften zu Kreisen gesteckt

Grün macht die Tür zur Tür
überredet fette Traktoren
einem PKW Grün zu spenden
Briefkästen stecken Laternen an

Das grüne Gewölbe war nicht grün
des Lebens goldner Baum wird nie grün
aber Grünzuteilung ist grün
das gerechte Grün
Gott der Gerechte Grün
fiel vom Himmel
Männer = Weiber =
Grün für das Kindchen

Hoffnung
unterm Rock oder offen
als Prinzip
in den Armen gewiegtes
Übergang
Tagtraum
im Maul heimgeschlepptes
grünes Bewußtsein
Identität
einen grünen Augenblick lang
oder utopisches
heimliches oder gezieltes rotes
Komplementärgrün
verbotenes

Windschutzscheibengrün
Rückspiegelgrün

Im nächsten Dorf
eine Bank
die Kirchturmuhr

Dann nur noch Spuren
vom Brudergrün
Liebesgrün
Tauschgrün
Bestechungsgrün

Kurz vor Leipzig
schon wieder im Schnee
ein grüner Hund:
Kratz die Schuhe ab!

Dresden Frauenkirche

Wer sie nicht kannte
eh sie im Planquadrat
des Bombenfliegers aufschien

hält sich an diese
schwarze Halde
aus Sandsteinquadern
ich suche ein Wort für Moos und finde:
allmählich
ebenso stellten sich Palmkätzchen ein
als ich mich nach dem pelzigen Souvenir strecke
EINSTURZGEFAHR
BETRETEN VERBOTEN
dann erst sah ich das Stück Architrav
eine Gewandfalte
Trümmermarkierungen
auf dem lila Band eines primel-
vollgepflanzten Schüsselchens
IN STILLEM GEDENKEN
wie für Kätzchen
zum Naschen
ein wildes
Palmarum

Dresden Fürstenzug

Nicht daß er alles überstand
monumental 19. Jahrhundert
freute mich

aber weil er Diego Rivera gefiel
begann ich ihn neu anzusehn

Dresden Brühlsche Terrasse

Das Vorübergleiten des Wassers
hinter Geländerstäben
Balance
Blätterfächeln
Vertauschbarkeit

Über dem Fundament aus gekreuzten
Schwertern weißem schwarzem Gold
Blut und Asche porzellanblau
Gottesgnadentum Gehorsam
promenieren die Zweitgeborenen
auch für sie Europas Balkon
aus den Scherben

Sekundogenitur
Jungfernbastei
zwei Belvederesphinxe
unter der Treppe
Wiesen
ein Putto
Rauch von wechselnden
Feuern der Strom
und ein Zweifel an Brücken

Dresden Das grüne Gewölbe

Kalvarienberg aus monströsen Perlen
muttermuschelig
türkisbestückt
damit Granatblutstropfen sich abheben
kleine silberne Tiere zwischen
goldenen Zweigen vor vierhundert Jahren
lebend in den Gips
ins Feuer
bis der Inhalt verbrannte
die Form
übrigblieb für den Guß
ich sehe den Todesschrei von Fröschen
Heuschrecken Käfern an dem weit-
aufgerissenen Eidechsenrachen
was für ein Ort
in dieser Stadt
das Lendentuch Christi mit transluzidem
Lack rot gefärbt
vorn
hat der Kalvarienberg zwei Schubladen
ein Jahrtausend hineinzuspucken

„zwar stürzte das Gewölbe des Juwelenzimmers ein . . . und das Bronzenzimmer und das Wappenzimmer brannten aus . . . auf der eisernen Tür mit ihren Bandelwerkbeschlägen, die den Pretiosensaal vom Wappenzimmer abschloß, verschmorten die Lackmalereien und die Vergoldungen; die Tür verbog sich unter der Hitze der brennenden Schränke des Wappenzimmers, aber sie ließ das Feuer nicht auf den Pretiosensaal überspringen . . ."

Dresden

Ballade von der russischen Kirche

Weil es sie gibt
nicht weit vom Motel
und in der Juri-Gagarin-Straße
weil ich mich ohne zu wissen
[erinnere
weil mein Leben nicht ausreicht
[nach Rußland zu fahren
trete ich durch die frischvergoldeten
Lanzenspitzen des Gitters ein
in Myrrhenduft
unter die grünen Kuppeln
wehre mich noch ein wenig da-
[gegen
daß sich das Äußere nach Innen
[stülpen will
weil wir das Inwendige ausgestülpt
[haben
schönes Dämmern
die Heiligen bekamen
Lämpchen so blau und so gelb und
[so grün
nur der Heilige
Geist hat ein rotes
eine Alte die Karten verkauft
küßt die Ikone
ruft was — es klingt
wie: fang an! es ist Zeit!
dann beginnt sie zu singen
der Augenblick des Gerufnen
[ist kurz

am 21. 2. beginnt
die große
Fastenzeit

Interessenten
sind herzlich
willkommen

Russisch Ostern
fällt dieses Jahr
auf den 9. April

Gottesdienst:
einige Abschnitte
werden in deut-
scher Sprache
verlesen

Mitteleuropä-
isches Exarchat
des Moskauer
Patriarchates

jung ist er
Priestergewänder
also gibt es das noch:
etwas muß ihn bewogen haben
(und sein Land das es zuließ)   lang
fiel nur sein Schatten durchs
[Filigran
der Ikonostastür
ich wartete
bis seine Stimme die Litanei
einer Greisin verwandelte

in der sowjeti-
schen Buchhand-
lung kaufte ich
einen russischen
Abreißkalender,
den ich nicht
lesen kann

aber die Sonntage
haben dieselben roten
Zahlen wie bei uns

draußen
am Hintereingang drei Töpfe
mit Sämlingen
übern Winter gezogen
Lupinen natürlich
ein warmer Wind weht
Amseln
und eine Birke

Dresden Schloß Moritzburg I

Eisränder noch
braunes Rascheln im Schilf
Bleßhühner
wilde Schwäne und
wenn der Bär fischen will ihm aus dem Weg gehn

Auch des Aufwands gedenken
der das Zerbröckeln aufhält
volkseigen
Lackmöbel
Ledertapeten
Baldachin aus mexikanischen
Federn dreihundert Jahre Geruch
das Parkett glänzt wie in Herrenchiemsee
Meißner
oder Bezeichnungen wie:
„Quartier des ostasiatischen
Porzellans im Backturm" zergehn auf der Zunge
Grün-silber
Blau-gold
die Schloßkapelle
Zimmer mit Damenbildnissen
verkämpfte Hirsche
Menuett
aus versteckter Lautsprecheranlage
hinter Dragonervasen *

Kaum
die Erinnerung an Nymphenspiele
in einem Wald aus monströsen Geweihen
renoviert

auf dem Thronsessel eine
von Lukas Cranachs weißhäutigen Sächsinnen:
Kunstgeschichte
frisch promoviert
August August
die Hörner blasen
aus der versteckten Lautsprecheranlage
Arbeiter- und Bauernfakultät

* große blau bemalte Deckelvasen
die Fr. Wilhelm I. von Preußen dem
sächs. Kurf. Fr. August I. für 600
Dragoner überließ

Dresden Schloß Moritzburg II

Auch der Zeiten gedenken:
nicht weit weg
krepierte die Kollwitz
das ändert auch
kein Gedächtniszimmer

So wenig das Rot
der Expressionisten
— die Fasanerie ist nah —
verhindern konnte daß am anderen
Ende der Dresdner Heide ein weißes
Haus
man nannte ihn Paulus

Dresden Auf dem Weißen Hirsch

Orangerien dem Ostwind
haltet euch an den Rosenkohl in euren Gärten
die von den Rehen wenn es kalt wird heimgesucht
schlachtet sie [werden
denn sie gehören nicht mehr dem König

Leipzig, Februar 1972

Die beiden Mädchen waren jung   ein halbes Semester in Magdeburg   zum erstenmal Anhalter und dann der Nebel   aber da sie nach Liebertwolkwitz wollten und ich mich sowieso ständig in Leipzig verfuhr kamen wir zum wievielten Mal auf die Kreuzung vor dem Völkerschlachtdenkmal   sie stiegen aus   ich aß ihren Apfel, sie meine Banane   der Sowjetsoldat pfiff nicht hinter ihnen her   er ging zur Russischen Kirche   las zur Rechten während ich links vom Eingang deutsch buchstabierte: DEM GEDENKEN DER 22 000 RUSSISCHEN KRIEGER GEFALLEN FÜR DIE BEFREIUNG DEUTSCHLANDS 1813 BEI LEIPZIG
wer hat Lust sich zu erinnern daß für diesen blutgedüngten Boden unter der Asphaltdecke seine Großväter meine erschlugen   aus dem Schwarzwald vom Bodensee und Napoleon   damit ein Deutschland entstehen konnte das die Enkel zerstör(t)en

Leipzig Völkerschlachtdenkmal I

Stehengeblieben
keine der Bomben
die ein Jahrtausend aufhoben
wert
damit ein weißgekleidetes Mädchen
eines einst weißgekleideten Mädchens
wiederum sein Mädchen weiß kleidet

Bis es sieht wie im Wasserbecken
eine dunkle Rakete sein Spiegelbild
ohne Countdown auslöscht

Hierher, in diesen Ruhmestempel deutscher Art führe dein Kind, du deutscher Vater, du deutsche Mutter, daß es erfahre und fühle, wie teuer wir erkauft sind, daß es mit Bescheidenheit und hohem Streben hineinwachse in den deutschen Volksdom!

Weiheschrift des Deutschen
Patriotenbundes 1913

Rad und Spiralfedersatz 1917. Museum für Geschichte der Stadt Leipzig

Leipzig Völkerschlachtdenkmal II

Für uns die Bedeutung des Denkmals größer . . .
(VEB Brockhaus Leipzig 1971)

Koloß im Nebel
das Vätergespenst
kein Jahrhundert
drei Frieden alt
vielleicht in tausend Jahren begriffen
eine Horizontwunde
leer
ich versuchte es mit Zylindern
Helmen Fahnen für gegen den Krieg
kein Jahrzehnt seit neunzehnhundert-
dreizehn ohne Chöre
Fanfaren
einander ablösende
Dirigenten
Basis für alle bedürftigen Wörter:
hüben drüben
hier dort
deutsch Nation
je weiter desto
relativ
immer hüpfte das Kind im weißen
Kleid auf den ungeheuren Stufen
sich im See zu spiegeln zwischen
schwarzen Quadern des bodenlosen
Wassers kaum knöcheltief
schon im Sturz
als der vergebliche Vater mich fing
dann versickerten wir im geborstenen
Becken unterm Phosphorregen

jetzt
laufen Kinder auf der rauhen
buckligen Fläche Schlittschuh
kein Zugang
aber niemand auch der sie hindert
Schnellauf zu üben
Spiralen zu drehn
Riemen um Eisen und Schuh wie einst
nirgends blitzt ein weißer schwarzer
Stiefel wie sie's im Fernsehn sehn
keine Prinzessin
kein Holiday
auch kein Gerangel
medaillenernst ihre Gesichter
Olympia
gleich nach der UDSSR
schlittschuhlaufende Kinder im Nebel
auf dem Eis des Völkerschlachtsees

Leipzig Ausstellungspavillon am Völkerschlachtdenkmal

Betreten der Stufen und des Pavillons mit Speiseeis ist nicht gestattet

300 000 Besucher jährlich
der Pavillon ist nicht groß
um diese Jahreszeit lernt sichs
[leichter

Klio das Zeitalter
Frankreich schuf sich frei
Freude schöner Götter-
funken Sinfonia
Eroica Wegbereiter
einer deutschen
Nationalkultur

Niemand sage jetzt
sie wollten sich wärmen die
[hereintraten
einzeln
freiwillig
an diesem trüben Februartag
drinnen ist es so kalt wie draußen
keine Sitzbank

Heliopolis im letzten Jahr
der alten Finsternis
Fichte fordert von den
Fürsten Europas Denk-
freiheit zurück die
sie bisher unterdrückten

Schon das vierte
Kind am Riemen
über der Schulter
hängen Schlittschuhe
nebenan ist der Denkmalsee

Andreas Hofer
starb am 13.
Schill an einem
31. desselben Jahrs

[demselben Grund]

Aber der Berg Isel liegt
näher bei Leipzig als überall sonst
und Napoleon
je nachdem
auch die Maler konnten sich nicht
[entscheiden

Kleist und Rückert
und Uhland und Arndt
und Jean Paul und
Theodor Körner und

Eleonore Prohaska als Jäger Renz im Lützowschen Freikorps

Vor der Totenkopfuniform
mit den gekreuzten Knochen steht
ein Liebespaar
der Volksarmist
lernt:

Wie man Gold für Eisen gab

Finger- und Ohrringe Armbänder
[Ketten
in derselben Farbe wie
dunkles Haar
die Schlittschuhkinder
sind schon weit nach Rußland
[gefahren
stolpern über Pferdekadaver
stürzen sich auf die brennenden
[Fahnen
ihrer erfrierenden Bleisoldaten-
väter

1812 1941
Sachsen Württemberger
Westfalen Hessen

Wolga Wolga Beresina
wie ein Mond ist die russische
[Sonne
auf dem Tableau
glaubt nicht das verginge

Scharnhorst Gneisenau Kürassier und Dragoner

diese Enkel wissen wer Blücher war

infolgedessen

Murat Marmont MacDonald Marschall Ney

warum Poniatowski ertrank

Schwarzenberg
Reaktionär
Die aktuellste
Lehre aus den Be-
freiungskriegen:
Wenn . . . die
Volksmassen ihr
Schicksal in die
eigenen Hände
nehmen
Das Erbe

Wittgenstein war ein Armeeführer
nach der Haarnadelkurve im
[Pavillon

Hakenkreuze
dann

Trümmer
Holzschuhe
Bodenreform

Arbeiter- und
Bauernmacht

drei Uniformen

1 Sowjetsoldat
2 x die nationale
Volksarmee

hinter Glas

Schulunterricht
1947

Erdkunde Geschichte:
kein Nebenfach
ausschlaggebend für die
[Versetzung

Leipzig

Ich schrieb das auf weil da wo ich schreibe
niemand mit Schlittschuhen und in der Kälte
auch nicht in einem warmen Museum
bei *full air condition* sich
interessiert woher die ss
ihre Uniformen entlehnte
wann ein Offizier Bauern niederritt
wie man Revolution macht

wer
liest schon Sätze zu Ende wie diesen:
Die Befreiung des deutschen Volkes
durch die Sowjetarmee und ihre Verbündeten
schuf die Voraussetzung für eine grundlegende
Wende in der deutschen Geschichte

Halle liegt an der Saale nah von Leipzig aus

Wie fern das Land vor der Haustür . . .

Weil Februar ist
leiten brennende Autoreifen
pfingstgeistflämmchenhaft
nebelwärts
wo an den Straßenrändern Yaks
grunzen um dich durch die Flüsse zu tragen
oder der Kaukasus
oder Oliven
näher sind als ein Dom
G. F. Händel
Expressionisten im Museum
niemand hatte die Reifen brennen sehn
als ich suchte was ich nicht fand
in dieser Stadt um zu finden was
ich nicht suchte
die Idee
besser als Lampen im Nebel zu leuchten
billiger
gleichzeitig abfallbeseitigend
zwischen ganz weißen
den schwärzesten Häusern
aus Kohle und Salz
Johannes Grün Weinhandlung
Innenhof eines Innenhofes
Tür in der Backsteinwand
ROTNOK
KONTOR

keinen Weg durch die nicht von uns leerge-
trunkenen Flaschen als sich vom Hirt
und seinen zottigen Hunden über
die Geröllfelder führen zu lassen
Grate zwischen die Schenkel zu nehmen
Mondauf- und -untergänge die Schneeflocke
aus Wladiwostok
den Fischerkahn
irgendwann merkt man
ein Hai trug das Boot
lang auf dem Rücken oder ein weißer
Wal noch haben wir
nicht am Ufer angelegt

Magdeburg I

War da nicht
Es ist lang her
Alle Lehrer gestorben

Glocken
im Nebel
dem Klang nachgehn
dreimal um das Kindergekritzel
Kopf mit gekreuzten Knochen am Galgen
schwarz zerbröckelnd
fast aufgelöst
Epitaph des Jahrtausends
vergittert
auf den Mülleimern steht DOM
BESICHTIGUNG
NUR DURCH DEN KREUZGANG
hier
nicht bei Ecclesia und Synagoge
nicht in der *rotunda capella*
schoß es zusammen:
Ottonen Albrechte
Mauritius
Benediktinergehorsam
Zisterziensernorm
Stern und Schmetterling
auf dem Gedenkstein des Gärtleins
DER ERSTEN
LEHRERIN DER HÖHEREN TÖCHTERSCHULE
ZU MAGDEBURG MARIA HENRIETTE
HASENBALG GEB. GEST.
LEHRERINNEN UND SCHÜLERINNEN
DER KLOSTERSCHULE

Dornenbüsche
ein Pfahl inmitten

Sonntag
Kindergottesdienst
das Jahrtausend
gibt noch nicht auf

Magdeburg II

DES HEILIGEN RÖMISCHEN REICHS DEUTSCHER NATION
ARSCHLOCH zu viele hatten sich
drüber hergemacht
übrig blieb:
Stadtmodell sechzehnhundert
früher war hier alles eng
ohne Licht und Freiheit die Leute
(Claudia noch nie Westbesuch)
hatten kein gutes Leben
am Tisch ihrer Familie versammelt man sich:
„Tun wir so als brechen wir das Brot"
über dem Apfelkuchen

Später im Interhotel
hoch weit
Rechtecke
Quadrate
zwischen
Straßen Plätzen
Block um Block
wo man wohnt lernt arbeitet
nirgends Till Eulenspiegel der fliegen will
nirgends Pferde um die zwei Halbkugeln
auseinanderzuziehn

als auch der Reiter nicht kam und keine
lachenden weinenden Jungfraun merkte ich
gegen Ende des Fernsehfilms
diese Stadt
vom Interhotelbett aus
hieß Nowosibirsk

Wie unsere
Städte denen in Alabama
oder Connecticut ähnlich

Freiberg

Aber ich sah
nur das Holz das benützt war
über und unter Tag
behielt nichts
als die Skelette von Gegenständen
aus diesem abgegriffenen Holz
eine Betbank
einen Leitbaum
Angst und Hoffnung und Gleichgültigkeit
an diesem kalten Tag im März
des Jahres hundert nach Lenins Geburtstag

Eisleben I
426 Jahre danach

Montags geschlossen
den alten Mann
der uns trotzdem in die Häuser ließ
gibt es
von niemand je zu erfinden:
Daß Luthers Vater ein Arbeiter war
wie er
und Holz auf dem Rücken der Mutter
ist plötzlich so einfach
wie das Nichteinschmelzen
eines Denkmals aus Puschkin bei Leningrad
dessen ofengerechte Zerkleinerung
der alte Arbeiter als er jung war
in Eisleben verhinderte
Martinstag sagt er und zeigt auf die Taufkirche
Lenin und Luther gehen ihm gleichzeitig
über die Zunge wie seine Großväter
„Lesen Sie das da" sagt er:

Friedrich Engels: „Luther fegte nicht nur den Augiasstall der Kirche, sondern auch den der deutschen Sprache aus, schuf die moderne deutsche Prosa und dichtete Text und Melodie jenes siegesgewissen Cho-

Martin Luther: „Niemand kann den Vergil in seinen Hirtengedichten verstehen, es sei denn, daß er fünf Jahre Hirt war
Niemand kann Gedichte vom Landbau verstehen, es sei denn, daß

rals, der die Marseillaise des 16. Jahrhunderts wurde."

er fünf Jahre Landmann war
Den Cicero in seinen Briefen kann niemand völlig verstehen, er habe denn zwanzig Jahre in einem hervorragenden Staatswesen sich umgetan
Die Heilige Schrift meine niemand genug geschmeckt zu haben, er habe denn Hum . . ."

Hier war mein Kugelschreiber zu Ende.

Eisleben II
Zwischen Geburts- und Sterbehaus

Von außen sieht man nicht
wie klein die Betten waren
wohin es führen würde:
ein hölzerner Schwan
ein gerettetes Fenster
Ablaßbriefe
der nicht verbrannte
Luther
im Obergeschoß Reformationsgeschichte
Gegenreformation
Erkenntnis:
Was Adenauer wollte

im Hof auf den alten Steinen
ein Augenblick lang diese Säule

sie haben sogar Wein hier gebaut
Thomas Müntzer heißt das Theater

Zeit für die Kanzel
der Kanzeln im Nebel verloren

Dann nimmt man noch einmal die Mütze ab
falls man so weit her kommt wie wir
sein Bahrtuch
seine Handschrift

Briefe Melanchthons
sich nicht von der Maske erschrecken lassen
so zart hat er nicht die Welt verändert
„da war er schon vier Tage tot"
auf dem Gemälde sieht man wie sie ihn
bis zuletzt um Bestätigung plagten
als er sich endlich seinem Sterben
zuwenden wollte

Eisleben III
Liebe Brüder in Christo hört auf

Euch nicht damit abzufinden:
auf seinem Sockel steht D. Martin Luther
und dieser Lenin nicht weit weg
auf seinem anderen Sockel
beide haben Kappen auf
und daß sie sich
so erzen vertragen
ist anders
als Protestanten sich
in allen fünf Erdteilen träumen lassen

Die hier
sind ihrem Landsmann Luther
immer noch näher als ihr auch wenn
oder weil sie
Lenin aus Puschkin
vor der Zerkleinerung
in Eisleben bewahrten

Wieder daheim

Auf dem Kalenderblatt
meines sowjetischen
Abreißkalenders mit Hammer und Sichel
eine kleine Dorfkirche
Tauwetter
Erlenbäume
voll Mistelbüschen
Sonntag 19. März

Porträts

Ich möchte nicht tot und begraben sein
als Kaiser zu Aachen im Dome;
weit lieber lebt' ich als kleiner Poet
zu Stuckert am Neckarstrome.

HEINRICH HEINE, *Deutschland. Ein Wintermärchen*

Wo Walser wohnt

Immer das andere
Ufer vor Augen
und im Rücken die letzte Ernte
eines tausendjährigen Weinstocks

Wie die Mönche den Hügel bestimmten
wählte er für die ausgesetzte
Stirn hinter den scharfen Gläsern
diesen Ort zwischen Birne und Nuß
durch die Jahreszeiten

Schwan im schwarzen
vom Tauwind gekräuselten
Wasser so bewegt er ein wenig
unsere Städte wenn er über sie kommt

Ihre Straßen führen zurück
wo das Ufer einwärts wächst
seine Basis
der Eisdecke trauend
wie alle Reiter über den See

Für Eduard Mörike, Pfarrvikar von Ochsenwang

Armstrong wundert sich
wie rasch man vergißt

Aber ich sah
gegen Wind und Wetter
mit rosigen Füßen
holzüberzogen
Kirche und Turm
so nahte der Morgen
reinlich und rührend klein
Orplid
aufgestutzt wie von Kinderhänden
innen ein Kreuz
ein Wiesenstrauß
ohne Bild
nur DAS WORT
wie heimlicherweise
Lied Nr
Vers
zwei Seile
zwei Knoten
LÄUTEPLAN steht auf dem Zettel daneben
Woche vom . . . bis . . .
Juli neunzehnhundertsiebzig
Alfred Helga
Sieglinde Klaus-Jürgen
Konfirmandenschrift
Bauerngeschlechter

auf der Bronzetafel am Pfarrhaus
das nicht mehr Pfarrhaus ist sein Name
Milchkannen
Männergesichter
Alb
drei Dutzend Häuser
Frauengebärden
Mittag Abend
steigen verjüngt um deine Hüften
ein Mond als hätte
Columbus
nie

Den Dichtern

Als ich anfing über ein Land
dessen Sprache ich spreche
das meine Sprache spricht
und nicht mein Land ist
zu schreiben

als ich nicht weiterkam
weil es mir nicht gelang
Wörter in Bürgen zu verwandeln
wo ich nicht Bürgerin bin

tollwütiger Fuchs
nach dem eignen Schwanz schnappend
mich im Kreis dreh

brachte die Post den
eben erschienenen
Jannis Ritsos
MIT DEM MASS-STAB DER FREIHEIT

So erfuhr ich aus dem Gedicht
eines Griechen der geübt ist
seit Jahrzehnten seine Gedichte
in Konzentrationslagern zu schreiben:

Majakowskis Hunde hießen
Bulka Boris Lisa

Plötzlich erinnerte ich mich
gegen Morgen
war es als Peter Huchel erzählte
daß er sich den Fontanepreis
wöchentlich als Fleischration
für seine Hunde geben ließ

Ich spannte diesen Bogen Papier
in die Schreibmaschine

Für Majakowski

Meine ganze Zeit
schreit „aus vollem Halse"
da kann ein Gedicht
nur noch barfuß gehn
wie Zigeuner einst
um die Hunde nicht zu wecken

Brecht

Dein Tod hat uns alt gemacht:
die Regeln
für das Getümmel geschrieben
wurden zum Schulbuch des Jahrhunderts
mit jeder Auflage
weiter vom Tatort entfernt.

Ich dächte inzwischen gern anders an dich:
Heimgekehrt aus dem Dickicht der Städte
in Augenblicke
leicht
denn ich werde nie wissen
ob das
was schwer war
nützte.

Die Pflaumenbäume werden immer blühn
und jene Wolken
gleich wovon sie stammen
Kondensationen
weiß und ungeheuer oben.

Und doch verbatst du dir
mit einem Sarg aus Stahl *
Begegnungen
in solchen Augenblicken
konsequent
bis zuletzt.

* Max Frisch über Brechts Begräbnis

Bänkellied für Vauo Stomps 1966

Dein Lied ist allein
trinkt uns nicht mehr zu
an ihm zerstäuben die Wortkaskaden
Fetische
die Fassaden
stürzen
wenn der Schnaps die Zungen ritzt
wenn man beschwört was das Fleisch erhebt
löscht dein dunkler Wein alles aus
macht einen Scherbenberg daraus

Sei unser Oleanderbusch
unser Mond
die Papierlaterne
Brot in unseren Rausch zu brocken
sei unser Boot
fahr uns in die Nacht
zerbrich die Sonnenschaufel
leer uns ins Morgengrau

Künftiges Heut
vergangenes Jetzt
sprengt dein Wein aus unseren Schächten
macht uns zur Schale am Brunnen der Zeit
schleift unsre Ungeduld runder
mondwarm rot purpurn burgunder

Laudatio für Hans Werner Richter

die macht der gruppe
die gruppe der macht
der macht die gruppe
der gruppe die macht

die gruppe der macht
der gruppe die macht
die macht der gruppe
der macht die gruppe

der macht die gruppe
die macht der gruppe
der gruppe die macht
die gruppe der macht

der gruppe die macht
der macht die gruppe
die gruppe der macht
die macht der gruppe

der die gruppe macht
    macht macht

    gruppenmacht
    machtgruppe
    gruppenmache
    machtmaché

Maché = Masse mit Leimzusatz, aus der in Formen gepreßte Schachteln, Spielsachen u. a. hergestellt werden; auch für kunstgewerbl. Zwecke. (Duden Lexikon)

James Ensor I

Saturnalien in Ostende
lebenslänglich
den Tod provoziert
„perlmuttern muschelig austernhaft
steinbuttig bärtig stockfischig schollig"
zwischen Casino und Fischermord
unterwegs zu den Lichtkonflikten
abstandslos
böse Bruderschaft
immer an der Rahmenschwelle
Larven entlarvend
Selbstporträts
Panik in Wachsfiguren
Masse
VIVE LA SOCIALE
Isolation auf dem Esel
letztes Fest
eh die Kreuzigungen beginnen
gegen den Strich
auf dem Ball toter Ratten
kostümiert aus den Andenkenläden
seiner Familie
Fraun mochte er nicht
Masken Masken Eros zu blenden
pausbäckig langnäsig großmäulig
Zwang
außerhalb der eigenen Grenze
Kathedralen skelettierend
eh das Jahrhundert der Bomben begann

Ensor est un fou
Gelächter
bis zuletzt am Harmonium
Marionette vor dem einen
Bild augenlos
repetiert er sich selbst

James Ensor II

In der Rue de Flandre sein Haus
zugesponnen
blind
aus dem Briefkasten
neben der vernagelten Tür
stahl ich die Zeitung vom gestrigen Tag

Université Libre de Bruxelles
eine Hundertschaft Polizisten
aber ich hörte Studenten schrein
hinter dem verrammelten Tor
VIVE LA SOCIALE

Übermorgen werd ich einen
weißen einen roten Kohlkopf
Ensors spuken sehn in Dresden

Rene Magrittes Kasino in Knokke

Faites votre jeu
der gefallene Tanz
mündet in die Spirale

Gib die Häuser auf
den Laternentrug
wer nicht an Bord geht
verbrennt als Trompete
Hybris hat Federn
die Statik stimmt
jenseits der Baumgeborgenheit
übersteigst du Schlangentürme
bis dir ein Löwe seinen Kranz umhängt

Eh die Wurzel das Beil gebändigt
wurde der Stamm ins Feuer geworfen
haben sich deine Früchte maskiert

Nur wer mit dem Taubenei zahlte
kann der Fischin entrinnen bevor
sie ihm als Monstranz begegnet
zwischen Utopias Wolkenschenkeln
eingeklemmt
glaubst du dich mondbedient
während sie lacht

Der gefallene Tanz
mündet in die Spirale
sie entläßt dich nie

Hap Grieshabers Totentanz

Er schnitt den alten
Tod ins Holz

kein Epitaph für Skelette
nicht
Gerontologie für die Übriggebliebenen

MEMENTO MORI
„schau dir an
was aus mir geworden ist“

stritt mit ihm
rang boxte übte Judo
ließ ihn tanzen
beugte ihn
zwang ihn zum Kopfstand
zog ihn an
damit er anziehen kann:

im Osten
im Westen
von Litfaßsäulen
Bauzäunen Schaufenstern Ladentüren:
derselbe Tod ist nicht mehr derselbe
Tod der gleichmacht
trommelt auf Blumen
anders als auf den Landsknechtstrommeln:

Rosa bin ich!
kommt alle her
die ihr nicht mühselig seid
nicht beladen:
saht ihr je
so ein Grün dazu?
Violett?
ich bin eure Schuhe
Minirock
Strümpfe
Zweitfrisur
meine Grüns
sind eure Hoffnungen
traut dem Orange
es trägt euch
wirft
euch hinaus
hinauf bis ihr fallt:
und dann in solches
Rot zu fallen
gewiegt
gebettet
fürchtet euch nicht
ich gebe euch keinen Schock den ihr
nicht selbst provoziert
Kinderchen tanzt mit mir
ich tanze vor
eure Tänze
Tänze aus Glas
Kunststoff-
Raketentänze
synthetisch
Autotode
Pop

hippylike
LSD-farben
ich bin euer singender Tod
Beatletod
euer Folksongtod
Jazztrompeter
ich bin euer Spiritual
Bandleader
schlagt ein:
seid meine *fans*
dann bin ich der eure

Und derselbe
alte Sensentod
östlicher Bauern
von der Mutter gewiegt
im Gymnasium cellospielend
Krüppel am Wegrand
Spielkartentod
kopfstehend im Klub der Intelligenz

Deutschlands Plakate
vom Regen gebleicht
mürb von der Sonne
drüben
hüben

MEMENTO MORI

Der Tod von Basel
bleibt jung.

Kunststudentin in Düsseldorf

„der Stuka-Flieger Beuys überlebte
damals einen Absturz nur knapp"

Er versiegelte was geschrieben stand
kehrte die Bilder gegen die Wand
zerbrach unsere Musikinstrumente
gegen Mensch und Tier gerecht
sah ich ihn die Flügel ausreißen
allem was fliegen kann
Werkzeugschränke seines Todes
füllt er mit unserem Leben
während die Gäste sich amüsieren
hat er sie schon
in Filzprojektile
in Schokolade
schwarze Wurst
tausend tote Bienen verwandelt
ich bin das Filter
ich bin die Dose
Überbewertetes
Menschenhautspiel
ein Thermometer für Auschwitz
er beschläft uns wir merken's nicht
spuck die Pille aus
trag sein Kind
Stigma
nie sah ich Christus gekreuzigter
sein Talar ist die Fliegerweste
eine Vitrine voll Eierschalen
das zertrümmerte Osterfest
iß vom Teller

er segnet dich ein
Brot zu Stein
Jauche aus Wein
Ich lernte Spaten zusammenschweißen
Schneide an Schneide
Erde hat Ruh
dann schloß er die Laboratorien
denkt mich neu
aus geschmolzenem
Schuldfett
Sühnefett
filzüberzogen
mein Gehirn ins Klavier geschüttet
Augen aus Glas
eine wächserne Zunge
er wird mir die Finger abnehmen
meine Zehen
und den Hautgout
eh er mich in die Vitrine stellt
wird er mein Gehör präparieren
unempfindlich für alle Trompeten
irgendeines Gerichts

Er lud uns auf was er nicht abladen konnte
eine Ju 87
über Sewastopol

Für Christa Reinig

Aug in Aug mit dir
möcht ich nicht leben
denn ich bin bestechlich

Alle lauten Worte
ziehst du aus, kein leises
findet ein Versteck
Deine Übungen wären tödlich
für meine dunklen Kinder

Manchmal weiß ich
es muß dich geben
wer hält die Tempel rein?

Manchmal weiß ich
deine Klausur
liegt auf dem Waagebalken der Welt

Manchmal weiß ich
die Gepeitschten
dürfen die Peitsche führen

Laß mich um dich kreisen
aber ich bleibe Wölfin
leise laut dunkel bestechlich.

Glatteis
für Günter Eich

Asche und Salz
wenn ich die Finger spreize
töte ich was dich trägt

über schimmernde Schluchten
Sternwasserfälle und Rauch
künftiger Vulkane
Opferfeuer von einst

Unter dir lagern
nachtlose Städte
schnappen nach dir
durch die Hand mit dem Salz

Vor dir schwappen
schwarze Meere
lecken durch Finger
der Aschenhand

Über dir schwären
Himmel wachsen
ohne Mond abwärts
in dein Gesicht

Asche und Salz
wenn ich die Finger spreize
töte ich was uns trägt

Wie kannst du tanzen
hinter der Salzhand
hinter der Aschenhand
taste dich

über das brillenglasdünne Eis
aller dreißigsten Januare
nimm deine Brille ab
schließe die Augen

dann tret ich hinter dich
spreize die Finger
streue streu
es soll keiner sehn

wie dich das Eis trägt
die gelbe Freesie*.

* Freesie oder Kapmaiblume,
Familie Schwertliliengewächse,
blüht in Gewächshäusern be-
reits im Februar

Sarah Kirsch wohnhaft DDR

Weil in Leipzig sein schwieriger ist
als übern Bodensee zu reiten

das Hotel heißt Deutschland
mein Zimmer hat
Fernsehen ich mach es nicht an
vielleicht weil ich Angst habe
mich zu verwechseln
vielleicht weil in einer Jugendstilvase
mit blauem Ornament am Fuß
diese rot-weiß gestreifte Amaryllis-
blüte wer hat sie abgeschnitten
vielleicht weil den ganzen Tag Nebel war
oder diese Milchsonne überm
Völkerschlachtdenkmal kaufte ich
in der Volksbuchhandlung Gedichte
vielleicht weil dieses Bett jede Nacht
anderswohin fährt ohne mich über der Stadt
kroch ich hinein fing zu lesen an
Landaufenthalt eines Mädchens im Schneefeld
unter kahlen Ästen ohne
aufzuhören bis
zu einem Septembertag vor sieben Jahren
widmungslos drei Klagelieder
wie man nur um einen einzigen klagt
mit einer Schlehe im Mund
dann fand ich
erst im Inhaltsverzeichnis: für

Johannes Bobrowski
den Tag als auch ich
das wenigstens haben wir gemeinsam
Nicht-Schwester
Schlehen
sonst aber treff ich dich
nur am Stacheldraht wie du es haben willst

Hommage à Dürer

Collage
montage
demontage
4 Apostel mit Stadtratgesichtern
lassen sich im Männerbad aufspielen:
Veilchen
Hase
Rasenstück
blechgestanzte
gegossne
geschnitzte
auf Sofakissen gestickte Hände
und zusammengeschraubt
Serenaden
Dürer-Lufthansaflug
Orgelwoche
Multi-Media bei Kerzenschein
mit modernsten Ausdrucksmitteln
Kaiserstall
Sightseeing
Fest der 5 Sinne
Disneyland zwischen Bratwurstlebkuchen
acht Millionen Mark Düreretat
aber mein Gedicht ist nicht käuflich
sein Konterfei
auf Aschenbechern
Biergläsern
Gott als Rhinoceros
in der Hand eine Ölsardinen-

büchse in der die betenden Hände
schwimmen
Siebdruck
Albertus Durerus
Noricus
mit einem Hundegesicht.

Denkmal im Januar 1971

Albertus Durerus Noricus
zum Kappenabend
aber sein Haar war wirklich rot
kein Privileg für den Pelzbesatz
auf dem Kragen
das Goldbortenhemd
wer sich vermißt
nicht unterordnet
wo die Ehrbarkeit verfügt
Halseisen

Rund um den Sockel
übriggeblieben
lamettaverfilzt
Christbaumrümpfe

Noch ist sein Haus
wegen Renovierung geschlossen

Doch einen wirklichen
Augenblick lang
steht er
bevor die Gäste
Narzissen
erzen
ein wenig Schnee auf dem Kragen
Hermelin
auf seiner Schulter die Taube
trinkt
aus den triefenden Locken.

Landschaft II

Ihr Toren, die ihr im Koffer sucht!
Hier werdet ihr nichts entdecken!
Die Konterbande, die mit mir reist,
die hab ich im Kopfe stecken.

HEINRICH HEINE, *Deutschland. Ein Wintermärchen*

Nürnberg 1971

Abgebrannt
nur noch Schulbuchwort

aber wer die Asche gerochen

wer es brennen sah

wie sie die Feuer legten

ob es kalt war am 5. Dezember
vor sechshunderteinundzwanzig
Jahren als sie Judenhäuser
und die Synagoge verbrannten:

Ein Hektar Platz
für den Hauptmarkt des Heiligen
Römischen Reiches Deutscher Nation
sechshundert Jahre
danach wegen Brand-
stiftung abgebrannt

Schwert Krone Zepter
Maximilian im Krönungsornat
goldenes Zeitalter deutschen Wesens
'zeigt man zu Nürenberg alle Jar'

giebelseliger
Nabel Europas
'o Jahrhundert o Wissenschaft'

de revolutionibus orbium coelestium
Aufgang eines Müllplaneten
lebkuchenherzig
auf Sand gebaut

während Turniere
das Handwerk der Stiefel
Fahnen
Fanfaren
Schlachthausgeruch
Heiltumsweisung
Bleistifte
Uhren
pfefferbeschlagen
apostelverkauft

blieben zwei Kaiserbilder übrig

Zwischen Folter und Kindleinsmarkt
half kein Veit Stoßgebet
gegen Gesetze
gegen das Brennen
die Restauration
ein Stück Mauer mit Stacheldraht
gut genug für Hunde.

Nürnberg Hauptmarkt, Epiphanias 1971

Ein Hektar Buden
gestorben
verriegelt
alle gleich hoch breit lang
braun
Kreidezahlen
auf den Brettern zum Abtransport
Anatomie
im alten Schnee
bückt sich die Frau nach Verwesendem

Nur wer hier
von Deutschlands Rausch-
goldengel im Dezember gestreift wurde
weiß: das wird wieder zusammengesetzt
übers Jahr
die erhobenen Hände
Flügel
Wachskopf
körperlos
unausrottbar
Christkind Europas

Mit der Plastik-MP vor dem Bauch
jagen sich Buben im Regenwind
unterschlupflos durch die kahlen Gänge

Ein Hektar Buden
gestorben
verriegelt

alle gleich hoch breit lang
braun
Kreidezahlen
auf den Brettern zum Abtransport

Aber der Brunnen gegenüber
sagt noch immer
ich bin's den ihr sucht.

Nürnberg Frauenkirche, Epiphanias 1971

Noch steht die Krippe
rechts vom Altar
Blumen lassen die Köpfe hängen
Tannennadeln rieseln aufs Kind
am Weihnachtsbaum hängt eine Supermarkttüte
kein Licht ist ewig
auch Steine brennen
über einem kupfernen Becken
die Tafel Dreikönigswasser

Nürnberg Johannisfriedhof, Januar 1971

Betten
nur weiß
frisch aufgeschüttelt
'Größe und Form genau festgelegt'
fünfhundert Winter
Kopfkissenschnee
eckiges Tappen zwischen liegenden
Steinen
'weitgehend einheitlich'
Abstände
aber die Kanten besänftigt
keine Zeichen
buchstabenlos
eh der Föhn
was gleichmacht, aufhebt
bleibt dem Fremden
kaum vertieft
eine Schneegravur
649
Zweifel?
steck die Hand ins Kissen
wo der Kopf liegt
taste
scharr
bis freiliegt weshalb du kamst
AD
denn ein Lorbeerkranz
schleifen ragen hier und dort
aus dem Flaum

Pirckheimer
Feuerbach Anselm
Veit Stoss
Nachfahren unter Geschlechtersteinplatten
unzerstörte
unrestaurierte
Abstände
hagebuttenrot

Nürnberg Auf der Burg

Dieser Augenblick zwischen den Lichtern
erinnerungslos
was ein Kaiser ist
Kriege
Geschlechter
das Haus des Gehenkten

nicht die einander ablösenden Steine
damit Turm Turm bleibe
Mauer Mauer

nur dieser Augenblick Fels mit Strähnen
vom Frost
von der Sonne
vom Wind des Jahrtausends
zwischen Fackel und Scheinwerferlicht
(während mein Finger lernt: so ist Sandstein)

Ausgewaschenes erhellt
mehr als das Unverwechselbare
'Überreste der Burg sind gering'
aber sie ist eine von denen
die Schatten gaben
damit sich darunter
ansiedeln konnte was übrig blieb
'einhundertzwanzigtausend Erwerbstätige'

Nürnberger Versicherungen

Idee Geist Gestalt sind einmalig
nicht wiederholbar unersetzlich
Leben Mensch Dasein sind wie ein Kunstwerk
unersetzlich nicht wiederholbar einmalig
müssen Sie deshalb kapitulieren?
Marktwert erfaßbar in einem Tarif
Risiko Prämie sind relativ
absolute Wertminderung
ersetzbar durch Geld
im Zeichen der Burg
Nürnberger Versicherungen
warum erst morgen

Nürnberg AEG-Elektro-Geräte

Wo Albrecht Dürer Unvergängliches
schuf AEG-Elektro-Geräte
in aller Welt Symbol höchster Leistung
technisch
wirtschaftlich
perfekt
ausgestattet wie man es von
jeher zuverlässig
erwartet

Nürnberg Siemens

Nürnberg hat vorgesorgt
und schlägt die Technik
mit der Technik
Verkehrssteuerungstechnik von Siemens
100 Detektoren melden
die Verkehrsdichte
Siemens-Verkehrsrechner
speichern die Daten
werten sie aus
steuern 4000 Ampeln an
230 Kreuzungen
über 400 km Kabel
Zehntausende werden kommen sie wollen
vom Dürer-Haus zur Meistersingerhalle
von der Noris-Halle zur Burg
in Tausenden von Autos
diese Leistung muß Nürnberg zusätzlich
fragen Sie unsere Zweigniederlassung
auch im Dürer-Jahr
immer grüne Welle

Nürnberg Faber-Castell

Das ist die Überraschung des Hauses
A. W. Faber-Castell für Freunde
meisterlicher Kunst und großer
Tradition: Der berühmte „Silberstift"
Präsent und Souvenir zum Dürer-Jahr
Nachschöpfung originalgetreu
schon für DM 28,50
und in einer vornehmen Kassette
Empf. Verk.-Preis mit MwSt.
jeder sein eigener Dürer

Madonna der Gmündener Johanniskirche I

Steinern
aber wer sie herausschlug
wollte Stummeres
blicklos
nahm
sich Jahrtausende körperloser
Göttinnen hinter sieben Meeren
als Modell
den Mann im Schoß

Keins allein
zusammen erst
Pantokrator
jenseits der Kreuze

Nur das gefältelte Kleid der Tragenden
des Getragnen erbarmt sich unser

Wußte der die Segenshand machte
welchen Spruch über den Apfel sie spricht

oder dachte er an einen
Hals für diese Krone?

Madonna der Gmündener Johanniskirche II

Längst sind die Verwitterungen
rings um sie köstlicher
als renovierte
Einhörner Lilien Sebastiane

doch die Spur an ihrem Kinn
weiß schon den Tag der Kopie

Madonna der Gmündener Johanniskirche III

Weil die Erosion von zehn Jahren
Schwefel Blei Kohlenwasserstoff
sie mehr traf als siebenhundert
Sommer Frost
Stürme vom Hornberg herüber
wird man sie wegnehmen
aus dem Treiben
aus der südwestlichen Abendsonne
aus dem was sie betrifft:
Kot der Taube
die auf dem Kopf ihres Sohnes sitzt

man wird sie wegnehmen
eh Kohlenmonoxyd
Schwefel Blei
sie zur Gorgo verwandelt

Nachtrag

Ich jedenfalls
im Jahr neunzehnhunderteinundsiebzig
nach Christi Geburt
hörte eine junge Griechin
die soeben gekaufte Melone
in der Hand PANAJIA * flüstern

* PANAJIA heißt Madonna

Griechinnen arbeiten in Schwäbisch Gmünd
weil es in Griechenland
nicht genug Arbeit gibt.
Ohne Arbeit gibt es kein Geld,
ohne Geld kann man keine
Melone kaufen.

Griechenland

Weil ich für Griechenland bin
schreibe ich gegen Griechenland

Weil ich gegen Griechenland schreibe
kann ich nicht mehr nach Griechenland

Weil ich nicht mehr nach Griechenland kann
mußte ich fragen
hier sind die Antworten:

In Griechenland herrscht Ruhe und Ordnung
ein gesundes Mittelmaß
keine Streiks
stabile Drachme
Anstieg des Pro-Kopf-Einkommens
höheres Sozialprodukt
Angst?
nur vor dem Bürgerkrieg
der Anarchie
den Kommunisten
vor der Juntapolizei
und den Soldaten: Väter vor Söhnen
Söhne vor Vätern
und der Patriarch von Athen
segnet Frieden
Fremdenverkehr
laut Statistik
40 % mehr als im Vorjahr
das ergibt zweieinviertel Millionen

die florierende Wirtschaft läßt
den Verlust demokratischer Freiheit verschmerzen
als Tourist merkt man nichts von der Gewaltherr-
[schaft
in den griechischen Amtsräumen hängt
nach wie vor das Bild des Königs
Chronos arbeitet für das Regime
mehr als 12 % Kaufkraftvorteil
für den bundesdeutschen Touristen
auch wenn das VW-Projekt platzte
halten wir noch den ersten Platz
vor USA und SU
Griechenland ist unser NATO-Partner
Vorhof der Meerengen
Brückenkopf
„satt und saphirblau
wölbt sich der attische
Himmel über der Stuttgarter Oper
im Herodes Atticus
Lohengrin — wo Theseus stand"
liest man in der Gewerkschaftszeitung
ohne ein einizges
armes
verschlüsseltes
Wort
Protest verdirbt Karriere
zweitausend Jahre Übung im
Unterdrücktwerden
Schweigen.

Nützte es daß Seferis schwieg?
daß er redete?
als er starb
sangen sie die verbotenen Lieder

so vergeblich wie Klagen
Anklagen
seit vier Jahren
gegen Kerker
Folter
Verhöre
Verbannungsinseln
gegen die zerbrochenen Leiber
gegen den zerbrochenen Geist
FREIHEIT MEINE GELIEBTE
an jedermann
schrieb Mangakis
„Es ist kein Irrtum
daß ich mich im Gefängnis befinde
ich gehöre hierher
der schreckliche Irrtum
ist daß es dieses Gefängnis gibt"

Aber jeder
der das ändern will
schwört auf eine andre Methode
wo ist die Farbe
das Zeichen
der Buchstab
unter dem sich der zersplitterte
Widerstand sammeln kann?
noch hör ich nur die Romiossini
Theodorakis' klopfenden Finger

Schrift 10/13 Palatino
Gesamtherstellung Wilhelm Röck, Weinsberg
Herstellungsbetreuung Manfred Pichler
ISBN 3 546 43940 6